EXPOSÉ.

EXPOSÉ

DES VÉRITABLES CAUSES

Qui ont amené mon insolvabilité. [1]

A MESSIEURS CLISSON, FERRAND ET LANCELOT.

Messieurs,

Si je n'ai pas plutôt donné suite à la lettre que j'eus l'honneur de vous écrire le 22 août dernier, ce n'est pas que la conviction que j'avais que vous étiez obligés de parfaire le paiement de mes dettes, puisque c'est vous qui êtes la cause de mon insolvabilité, se soit affaiblie ; mais uniquement parce que j'ai voulu attendre d'avoir épuisé toutes mes ressources, d'avoir terminé la vente des objets mobiliers, que j'ai retiré de Gargas, et d'avoir payé à concurrence de ce que j'ai reçu, afin de pouvoir vous dire au juste à combien se portait mon déficit. Lorsque je demandai 30,000 francs, je savais bien qu'il ne me manquerait pas autant, mais j'aurais voulu payer sur l'heure toutes mes dettes, autres que les hypothécaires, parce que je craignais qu'à la nouvelle de la catastrophe qui venait de me frapper, mes créanciers chirographaires ne fissent une saisie-arrêt pour ce qui pourrait rester : mes craintes n'étaient pas fondées : à l'exception de deux ouvriers, qui me demandèrent le solde de leur compte avec quelque insistance, personne ne s'est présenté ; j'ai été, au fur et à mesure que j'ai reçu de l'argent, acquitter ce que je devais, et plus d'un m'a dit, les larmes aux yeux et avec l'accent de l'indignation : *Nous savons comment on vous a menée !* Et ce ne sont pas mes créanciers qu'ils avaient en vue.

(1) Cette lettre n'était pas destinée à être rendue publique ; mais les personnes à qui elle fut adressée s'obstinant depuis 6 mois à n'y point répondre, et ne pouvant dissimuler plus long-temps l'affreux malheur qui m'a atteinte, dans l'intérêt de ma réputation j'en appelle au jugement du public : A-t-il été en mon pouvoir d'éviter une semblable catastrophe ?

Voici mon compte :

Gargas a été vendu , et tous ceux qui le connais-sent en sont dans la stupeur.	131,100 fr.	00 c.
Les intérêts courus depuis le 22 août jusqu'aux diverses époques auxquelles j'ai reçu ce qui n'é-tait pas dû aux créanciers hypothécaires , ont produit.	115	05
La vente des objets mobiliers que j'ai retirés de Gargas, m'a donné.	3,636	25
Total.	134,851	30
Il a été payé à mes créanciers hypothécaires en capital , intérêts jusqu'au 22 août, et frais.	119,308	26
J'ai payé à des créanciers chirographaires , ou-vriers, pour loyers arriérés, ou contributions, dont je puis exhiber quittances.	13,827	15
A M. Pratviel, pour frais extraordinaires ou cer-tificat d'inscriptions.	106	87
A M. Dédébat, pour frais à l'occasion d'une dette de 765 francs (pour laquelle il y en avait eu déjà pour 67 francs 50 cent.)	265	14
Il me reste , qui sont encore chez M. Capelle. . .	1,100	00
Total.	134,607	42
Et comme je n'ai reçu que.	134,851	30
Il résulte que je n'ai employé pour moi que. . .	243	88

Voilà, Messieurs , ce que vous avez fait de Gargas !

Il est évident que je n'ai pas vécu six mois avec une somme aussi légère , surtout ayant payé mon loyer depuis le 10 septembre jusqu'au 25 mai prochain. J'ai pourvu jusques ici à mes besoins avec quelques restes de récoltes que j'avais ; mais je n'ai plus maintenant aucune res-source, si ce n'est 90 hectolitres de blé que j'ai en magasin , et qui, au cours où est le blé, pourront donner 1,700 francs, qui joints aux 1,100 qui sont chez M. Capelle, font une somme de 2,800 francs; or, je devais

le 31 décembre dernier.	13,907 fr.	80 c.
Dont les intérêts pour deux mois écoulés se por-tent déjà à.	115	90
Plus deux mois de gages à ma femme de chambre.	25	00
Total.	14,048	70
Ce qui porte mon déficit à.	11,248	70

qu'il est hors de doute, Messieurs , que vous êtes obligés de me fournir.

Que celui qui a causé le dommage soit obligé de le réparer : c'est une maxime si claire, si généralement reconnue, que ce serait perdre le temps que d'essayer de la prouver ; je n'ai donc qu'à démontrer que ma ruine est votre ouvrage, et pour en demeurer convaincus, veuillez bien, Messieurs, dépouillant toutes préventions et n'écoutant que la voix de votre conscience, écouter mon histoire et la vôtre.

Il n'y a que peu d'années que je suis connue de M. Ferrand et de M. Lancelot ; mais M. Clisson me connaît depuis longtemps ; il sait la vie que j'ai menée jusqu'à la mort de mon père, et combien j'étais peu soucieuse d'augmenter ma fortune et de me lancer dans des spéculations ; je n'aurais jamais fait d'économies, cela est vrai, je l'ai toujours dit ; mais je n'aurais jamais non plus contracté de dettes. Aussi après la mort de mon père, et après quelques mois donnés au rétablissement de ma santé depuis longtemps très délabrée, je mis Gargas en vente afin de liquider ma part de succession qui ne se portait qu'à 75,000 francs, et d'acheter une maison en ville et un bien de campagne. Ne rien devoir à personne, avoir une maison à moi pour l'arranger à ma guise et être à l'abri de fréquents déménagements et telle que je pusse l'habiter seule, et un bien de campagne où je pusse respirer l'air des champs dans la compagnie de quelque amie, était le seul objet de mon ambition, et me semblait devoir me procurer la plus forte dose du bonheur matériel qu'une personne raisonnable et chrétienne puisse désirer. Mes véritables amis, ceux qui dans l'arrangement de mes affaires ne considéraient que moi, applaudirent à mon plan ; mais ma famille jeta les hauts cris ; ce ne fut cependant pas long ; elle sait que lorsque je veux une chose, je la veux. On ne témoigna plus d'opposition, bien que Beauchamps m'engageât encore dans une de ses lettres à garder Gargas au moins pendant quelque temps pour l'améliorer, le soigner comme si je devais toujours le garder, et *profiter ensuite d'une bonne occasion* pour m'en défaire ; mais en même temps on trouvait à redire à toutes les propriétés que j'allais visiter dans la vue de me remplacer ; je pensai alors que ma sœur qui ne pouvait pas recevoir encore 21,500 francs que j'avais à lui payer était contrariée de recevoir un autre débiteur ; et, concevant quelque crainte d'une chose que j'appris alors et qu'il est inutile que je dise, je me décidai à garder Gargas encore deux ans, délai qui me conduirait à l'époque où je pourrais me libérer envers ma sœur.

J'ajournai donc mes plans et je me mis à débarbouiller Gargas ; j'y réussis certes assez bien, car dans l'automne de 1831 on en offrait déjà 150,000 francs, et deux ans plus tard une femme qui y avait mené le sol en 1829 et n'y était pas venue depuis, demanda à ma couturière, n'étant plus qu'à deux cents pas du logis, où était Gargas? C'est à cette même époque de 1831 que Beauchamps vint s'ingérer dans mes affaires et commença à y porter le trouble et le désordre.

Il voulait une chose et j'en voulais une autre, et de cette divergence de volontés et de tendances, il ne pouvait surgir et il n'a effectivement surgi que des désastres. Comment aurais-je eu confiance en ses conseils, alors que je voyais qu'il ne visait qu'à me mettre sous la dépendance? Alors que n'étant pas venu une seule fois à Gargas depuis que j'en étais propriétaire, il m'écrivait (et j'ai conservé sa lettre) *sans avoir vu Gargas et sans vouloir le voir, je suis sûr que tu l'as gâté ?* Je voulais, car il me tardait de sortir du provisoire, donner vite au domaine sa plus grande valeur et le vendre promptement. Il voulait, lui, qu'il ne valût pas tant, qu'il demeurât dans la famille et que je devinsse la pensionnaire de Manuel.

Une grande différence existait encore dans notre manière d'agir; j'agissais franchement, à visage découvert; je disais quel était mon plan et je le poursuivais avec persévérance; Beauchamps au contraire ne procédait que par voies détournées, n'a jamais avoué ses plans sur Gargas; mais a employé son influence sur les gens d'affaires pour me contrarier sous main.

Si depuis l'automne de 1831 je n'eusse pas été contrariée dans l'exécution de mon plan, il eût été fini en 1834 : ayant toujours payé exactement, et le public ignorant que je n'avais opéré qu'avec des capitaux empruntés, j'aurais vendu Gargas 200,000 fr. ; et ne vous récriez pas, messieurs, sur ce prix : c'est celui qu'on lui donnait dans le pays, dans une réunion, où à l'occasion d'une propriété qui venait d'être mise en vente, on passait en revue les autres propriétés et on les évaluait; ce n'était pas pour me flatter qu'on estimait Gargas 200,000 fr., car je n'étais pas présente, et personne ne soupçonnait encore que je voulusse le vendre; c'était un ou deux mois avant la mort de mon voisin Roquelane.

Jusques ici, Messieurs, vous êtes étrangers à ma ruine, quoique M. Clisson ait à se reprocher d'avoir, pour complaire à Beauchamps, paralysé mon industrie, en me refusant des fonds pour mettre en rapport les avances considérables que j'avais faites, pour entretenir de nombreux bestiaux, et de m'avoir placée en 1835 dans la position la plus critique, parce que je ne pouvais rien payer; mais nous voici arrivé au mois de février 1836.

Beauchamps, qui depuis 1831 voulait que je vendisse, mais sans prendre de l'argent, en substituant quelqu'un à ma place, vis-à-vis de mes créanciers, et en me réduisant à l'état de rentière, conçut l'extravagante idée de me faire menacer d'une expropriation forcée pour m'effrayer et m'engager à vendre promptement. De la part de tout autre, cette proposition eût été repoussée avec indignation, mais Beauchamps possède à un si haut degré l'art de présenter les choses sous une belle apparence, que vous applaudîtes à cette idée, comme à un trait de génie, et vous vous distribuâtes les rôles. Je connais, mieux que vous ne pensez, peut-être, messieurs, le caractère des hommes : M. Clisson s'y prêta à regret, mais enfin il s'y prêta; seulement par une illusion que l'on se fait trop souvent, il composa avec sa conscience et crût pouvoir s'en laver les mains, en laissant à Monsieur son père, qui n'était plus notaire depuis deux ans, le soin d'ouvrir le drame et de jouer la première scène.

Après avoir trouvé un homme d'un caractère assez bénévole pour prêter son nom à l'exécution de cette ignoble farce, M. Ferrand se chargea de parler et d'agir au nom de M. de Norbert, tandis qu'à M. Lancelot fut réservé le rôle de me présenter quelque acquéreur.

Je fus dupe pendant huit jours de toutes ces manœuvres; aux sentiments de consternation que m'avait inspirés une expropriation forcée,
succédèrent ceux de l'indignation la plus profonde, lorsque j'appris que
ce n'était qu'un stratagème; mais stratagème dans lequel on employait
le ministère des huissiers et des remises d'actes à la mairie. J'avais eu
cependant la précaution, avant de partir pour la campagne, où j'allai
passer huit jours; car je sentis, dès le principe, le préjudice immense
que vous me portiez, d'écrire à M. de Norbert, pour le prier si son
intention était de me faire signifier un second commandement, de vouloir bien attendre mon retour; la rédaction même de ce second commandement était si brutale que malgré ma pénurie je dépensai 10 francs
pour acheter des livres où je pusse trouver des formules de commandement, afin de m'assurer si un style semblable était en usage, ou s'il n'é-
tait destiné qu'à augmenter mon effroi; je n'y en trouvais aucun de
semblable; c'est ainsi que trois ans plus tard M. Frédéric se permit dans
un commandement de me menacer de la contrainte par corps; j'avais
résolu de le faire comparaître devant le conseil de discipline pour y
rendre raison d'une semblable incartade; si je ne l'ai pas fait, c'est
parce qu'il a été chargé plus tard de la poursuite en expropriation
forcée.

Je ne cherche pas, messieurs, à prouver ce que j'avance, parce que
scientibus loquor; mais lorsqu'il sera question de me laver aux yeux du
public, les preuves ne me manqueront pas; preuves morales, j'entends,
car si j'avais des preuves matérielles des machiavéliques manœuvres
qui ont été employées contre moi depuis cette époque, c'est devant les
tribunaux que je me ferais allouer 150,000 fr. d'indemnité ou de dom-
mages; mais si les premières sont impuissantes auprès des tribunaux
judiciaires, elles formeront un faisceau redoutable devant le tribunal de
l'opinion publique.

Enfin, l'affaire Norbert fut arrangée, je payai et je mis Gargas en
vente à la fin du mois d'août 1836; et notez bien, messieurs, que les
affiches étaient prêtes depuis le 18 février précédent; vous pouvez con-
sulter les registres de M. Douladoure, et les deux commandements de
M. de Norbert sont du 20 février et du 10 mars; mais ce n'est pas d'une
vente accompagnée de publicité que l'on voulait.

Depuis la mise en vente, j'ai fait tout ce qu'il est possible de faire pour
parvenir à vendre, non un de ces domaines d'une vente difficile et qui
trouvent peu d'acquéreurs; mais un domaine que tout le monde admi-
rait et que chacun enviait. Et vous, messieurs, qu'avez-vous fait? Vous
vous êtes efforcés à l'envi d'écarter les acquéreurs; soit en n'en parlant
à personne, soit en disant que j'en demandais un prix extravagant, soit
en atténuant l'utilité des améliorations que j'y ai faites; soit par des jé-
rémiades affectées sur ce que vous appeliez mes faux calculs, soit en
me représentant comme ne sachant ce que je faisais : car, M. Clisson
racontait à mes créanciers que je changeais chaque année de maître-
valet, et que j'étais tellement incapable d'administrer, qu'il m'était arrivé
une année de ne pas battre ma récolte avant l'hiver; il aurait pu ajouter,
s'il l'avait su, et qu'il eût voulu mettre le correctif à côté du mal, que

je fis une chose que peut-être tout le monde n'aurait pas faite; c'est que je conservai ma gerbe que je fis rentrer seulement à la fin d'octobre dans un local très resserré et entassée à une hauteur de 4 cannes sans qu'elle ait chauffé, et cela au moyen d'un courant d'air que j'établis au-dessous et d'un soupirail qui allait de la base à la cime; il aurait pu dire que ce n'est pas seulement une fois, mais deux, que cela m'est arrivé, et que la seconde fois une grande gerbière n'étant point entamée, je la laissai en plein air jusqu'au mois de mai sans autres précautions que celles que je prenais toujours au moment où on les faisait; sans qu'il y ait eu un seul épi de germé, et que la paille était si bien conservée que lorsque j'en fis porter une montre à Toulouse chez ceux qui en demandaient, on ne voulut croire qu'elle n'était pas choisie que lorsque l'on apprit qu'on venait de la battre.

Que résultait-il cependant de tout cela? C'est que ceux à qui je parlais des grandes dépenses que j'avais faites à Gargas, disaient, tout bas devant moi et tout haut devant les autres: « Mais cela a été de l'argent jeté par les fenêtres »; si on était venu voir le domaine, on aurait été bientôt désabusé; mais on était tellement prévenu contre mes prétentions que personne n'y venait.

Faut-il, messieurs, vous donner une preuve entre mille des services que m'ont rendus messieurs les notaires? une personne de ma connaissance voit dans l'été de 1839 un monsieur qui cherchait une propriété à acquérir, lui parle de la mienne et l'engage à aller la voir; il y alla, et au retour il va chez un notaire (ce n'était aucun de vous, messieurs), celui-ci lui répond: *Il est fort inutile que vous alliez parler à cette demoiselle; ce bien ne peut être vendu que par expropriation.* A la même époque, une dame qui m'était fort attachée et qui se donnait des mouvements pour me trouver des acquéreurs, me dit avec le plus grand découragement: On dit que les notaires n'osent pas vous faire vendre; écrivez donc à M. Beauchamps pour lui représenter le préjudice qu'il vous porte. Il y avait déjà plus d'un an qu'un monsieur que je ne connaissais pas alors vint exprès chez moi pour me donner avis que je ne vendrais jamais par l'entremise des notaires; cela m'expliqua l'air étrange, la froide indifférence avec laquelle ils recevaient ce que je leur disais de l'effroyable position dans laquelle j'étais, et l'incrédulité affectée avec laquelle ils écoutaient les renseignements que je leur donnais sur Gargas; vingt fois en sortant de chez eux je me suis promis de n'y plus revenir, car il n'y a rien que j'aie tant à dégoût que la basse adulation pour le pouvoir, et toujours l'impérieuse nécessité m'y faisait retourner.

Ajoutez à tout cela, Messieurs, que quelque soin que l'on prenne de se cacher, il y a toujours des indiscrets qui parlent et qui écoutent; que le public d'ailleurs n'est pas dépourvu de sens, et qu'en voyant ma famille et les notaires, plus particulièrement liés avec elle, montrer plus que de l'indifférence pour me voir vendre avantageusement Gargas, les uns en conclurent que ma famille ne voulait pas que je vendisse, et les autres qu'elle voulait elle-même se charger du bien.

Ce veto, jeté par Beauchamps sur la vente de Gargas, fut généralement, connu ; les intrigants espérèrent en profiter pour l'avoir à vil prix ,, et les gens délicats ou peureux répugnèrent à l'acheter. Parmi les premiers , tel qui , en 1836, disait à une personne qui l'engageait à l'acheter , qu'il pourrait aller de 150,000 à 160,000 fr., disait, en 1839, d'abord qu'il n'en voulait pas, attendu qu'il avait disposé de ses fonds, et qu'il ne valait pas d'ailleurs plus de 100,000 fr. Tel autre , qui avait acheté depuis peu une prairie d'assez médiocre qualité en face de la mienne au prix de 2000 fr. l'arpent, avait l'impertinence, en me proposant de lui vendre ma prairie , séparée du reste du domaine , de m'en offrir 1,400 fr. de l'arpent ; et n'y eût-il pas , au mois d'août 1839 , un prétendant assez sot pour me dire nettement qu'on lui avait dit que, ne pouvant m'en défaire, je me mettrais à la raison, et qui , en conséquence, m'en offrait 100,000 fr., en ajoutant qu'il pouvait avoir des terres à Balma pour 1,000 fr. l'arpent. Je lui répondis , que puisqu'il tenait si fort à la quantité plutôt qu'à la qualité des terres, j'allais lui indiquer un domaine qui remplirait parfaitement ses vues , et je lui parlai d'un mauvais domaine , composé de vastes landes , qui se trouvait alors en vente à Bordeaux ; non seulement je ne l'ai plus revu , mais je sais qu'il n'y a plus songé. C'est ainsi, Messieurs, que l'on écondit les intrigants, lorsque l'on n'a pas envie de les faire servir à ses fins.

Il y avait cependant assez et trop longtemps que ces manœuvres duraient, et on sentit la nécessité d'en finir. Au mois de janvier 1839 , M. Lancelot fut lancé en enfant perdu , fit choix d'un Monsieur Murel , à qui je devais 4,000 fr. , et avec cette belle mise de fonds et un domaine d'une valeur de 80,000 fr. qu'il possédait à Montastruc , et qu'il pourrait vendre, il lui propose d'acheter Gargas ; il lui dit que le prix du domaine est 125,000 fr., et me l'adresse, pour que je traite avec lui. Il avait prélude à cette trahison, en me disant depuis plus de deux ans qu'il ne recevait que des offres de 100,000 fr., et sans jamais me nommer personne, si ce n'est le seul M. Ferrand , dans la crainte sans doute que si je connaissais les prétendants, je ne traitasse directement avec eux. Je cessai dès cette époque de voir M. Lancelot.

Mais environ deux mois après, il alla un jour chez M. Gerard , le matin , tandis que M. Manuel y alla le soir , tant il y avait urgence d'emporter la place , et tous les deux prièrent M. Gerard de me dire que M. Murel offrait 130,000 fr. de Gargas , et qu'ils me conseillaient fort de le donner à ce prix ; il lui restera, ajoutèrent-ils , 20,000 fr., qu'elle pourra placer à fonds perdu. Quand on s'engage dans une mauvaise voie, la pente devient rapide ; l'horreur pour le mal s'affaiblit. Vous vouliez d'abord , Messieurs , faire de moi une rentière ; lorsque vous eûtes réussi au delà de tout espoir à jeter la défaveur sur le domaine, vous ne voulûtes plus faire de moi qu'une pensionnaire viagère.

J'écrivis le lendemain à M. Lancelot. Je suis fâchée de n'avoir pas pris copie de ma lettre, je n'en ai que la fin ; mais j'interpelle M. Lancelot. En la lisant, ne se demanda-t-il pas : quelqu'un nous a-t-il donc trahis? Eh ! non Messieurs, personne ne vous a trahi, vous vous êtes trahis vous-mêmes ; et puis il y a tant de manières de faire parler les gens. Oh combien, lorsque j'écrirai l'histoire de toutes ces turpitudes, qui croient que j'ai été leur dupe, verront que pas un sourire, pas un geste, pas un coup d'œil jeté à un clerc, pas une inconséquence dans les paroles ne m'a échappé, et seront fort étonnés de se reconnaître!

Il ne me resta plus d'illusions; évidemment on ne se repentait pas, ainsi que j'aimais à me le persuader, du préjudice que l'on m'avait causé par une démarche, qui, toute blâmable qu'elle était, pouvait être considérée comme une simple imprudence; on ne cherchait qu'à en tirer parti. Je me décidai à vendre aux enchères volontaires; cette tentative fut sans succès; il ne se présenta pas un seul enchérisseur. Je me résignai alors à vendre, n'importe à quel prix, pourvu qu'il y eût de quoi payer mes dettes.

J'essayai de renouer avec M. Murel; hé bien! Messieurs, il était faux que M. Murel eût offert 130,000 fr., il n'avait offert que 125,000 fr.; et il n'était pas en position d'en offrir davantage; la preuve, c'est que, quoiqu'il eût vendu le 22 août dernier et qu'il ait enchéri au commencement, il s'est retiré, ainsi qu'un ou deux autres, lorsqu'il a vu que Gargas ne serait pas donné tout à fait pour rien.

M. Garros se présenta; M. Garros! qui, deux mois après que j'eus mis en vente, était venu me parler, non pour lui, mais parce qu'il voulait engager M. de Berthier à l'acheter, afin d'en devenir le fermier; c'était alors toute son ambition. Il savait très bien que Gargas n'était pas fait pour lui, mais lorsqu'il a vu qu'il ne serait pas vendu sa valeur, il s'est mis sur les rangs et s'est comporté plus loyalement que qui que ce soit. Grâces à vos manœuvres, Messieurs, il n'a eu d'autre compétiteur que M. Dubocage, qui ne se serait fait nul scrupule de se le faire adjuger pour 50,000 fr., et c'est M. Ferrand qui a eu le courage de se rendre enchérisseur pour lui; pourquoi un ami officieux n'a-t-il pas placé une glace devant sa figure pour qu'il vît tout ce qu'on pouvait y lire!

A ce prix, tout dérisoire qu'il était, j'allais donner Gargas, mais je voulus me rendre un compte exact de l'état de mes affaires, et je reconnus que je n'étais pas solvable. Je fis dire à M. Garros que je voulais 10,000 fr. de plus, c'est-à-dire 140,000 fr. ou la jouissance du domaine pendant deux ans; il ne voulut ajouter que 2,000 fr., et tout fut rompu.

Le domaine valait au moins 180,000 fr.; je ne pouvais pas, en honneur et en conscience, sacrifier à des considérations d'amour-propre l'intérêt de mes créanciers; cette expropriation forcée, avec laquelle vous aviez voulu jouer au mois de février 1836, et que j'avais toujours dit depuis qui n'aurait jamais lieu, parce que, plutôt que de la subir, je ferais les plus grands sacrifices, me parût être la seule planche de salut qui me restât, pour que mes créanciers fussent payés, et je n'hésitai pas un instant à l'invoquer.

J'allai annoncer ma détermination à M. Clisson, qui demeura pétrifié et chercha à m'en dissuader; M. Ferrand, qui vint chez M. Clisson pendant que j'y étais, et que j'apostrophai sèchement, reçut mes reproches avec le silence de la honte; et M. Lancelot crut, à ce qu'il paraît, que l'occasion se présentait d'obtenir enfin le résultat désiré.

Ce qu'il y a de certain, c'est que M. Laporte, témoignant d'abord de la répugnance à se rendre à la prière que je lui avais faite de vouloir bien me faire exproprier, M. Lancelot me fit offrir par M. Gerard de me faire exproprier lui-même, pourvu que je le lui demandasse par écrit ; je lui fis répondre que c'était très sérieusement que je demandais à l'être, mais que bien loin que je voulusse que ce fût par lui, dès que la procédure en expropriation serait commencée, je surveillerais attentivement ses démarches, et je me mis à étudier la procédure.

Bien m'en a valu ; en prenant un parti aussi désespéré, j'avais cru, je l'avoue, désarmer toutes les intrigues ; j'avais cru que l'on sentirait qu'il avait dû m'en coûter trop pour que l'on dût y ajouter de nouveaux supplices. J'avais formé le projet de prendre un logement dans le quartier Saint-Sernin, afin de n'avoir pas la ville à traverser lorsque j'irais à Gargas, et d'attendre dans une entière solitude le dénouement de cette affreuse procédure. Hélas, je ne tardai pas à être désabusée !

Je m'aperçus bientôt que l'on ne cherchait qu'à empêcher que cette expropriation fût connue ; la première apposition des placards fut à peine faite qu'ils furent enlevés ; et le cahier des charges dont je fus prendre connaissance au greffe, dès que je sus qu'il avait été déposé, était tel, que je fis dire à l'avoué poursuivant qu'il accusait une profonde ignorance ou des intentions sinistres.

C'est alors, Messieurs, que le plus rude sacrifice me fut imposé ; au lieu du plan de retraite que je m'étais tracé, je me vis obligée de jouer un rôle actif dans cette procédure ; tantôt en modérant l'empressement inouï de l'avoué poursuivant, qui, tel qu'un soldat généreux qui veut emporter une place d'assaut, commençait à courir à perte d'haleine et brusquait en prenant les termes les plus courts les formalités prescrites ; tantôt en essayant de stimuler l'apathie des autres qui ne voyaient pas dans le cahier des charges tout ce qu'il y avait d'insidieux et ne jugeaient pas à propos que j'en demandasse la rectification ; on ne cherche, me dis-je à moi-même, qu'à empêcher que cette affaire soit connue, ayons recours à la publicité des journaux.

Vous savez, Messieurs, l'effet que produisit la lettre que j'y fis insérer ; la conscience publique s'indigna que la fortune et la réputation d'une personne paisible pût être ainsi le jouet du caprice de quelques gens d'affaires ; dans les 10 jours qui suivirent l'insertion de ma lettre, il se présenta 14 acquéreurs ; un seul me dit que le prix était trop fort pour lui ; tous les autres promirent d'aller voir Gargas, et le prix, pourvu que le domaine le valût, ne parût pas les effrayer ; ils paraissaient presque tous appartenir à la haute société. L'un d'eux, après avoir lu attentivement ma note et s'être informé du chemin, demanda avec un air soucieux à ma femme de chambre : mais pourquoi donc veut-elle vendre ce domaine. Il était préoccupé sans doute du mystère qui enveloppait cette affaire ; c'était un jeune homme qui avait l'air très distingué et qui m'avait demandé si le domaine était patrimonial ; tellement patrimonial, lui répondis-je, qu'il n'a pas été vendu depuis plus de 200 ans.

Plusieurs personnes allèrent voir Gargas, malgré la mauvaise saison : quelques-unes vinrent me parler à Toulouse ; l'une d'elles me dit que les gens d'affaires disaient que je ne pouvais pas vendre à l'amiable, et j'appris de plusieurs côtés que les notaires, au lieu de profiter de l'occasion qui se présentait de réparer leurs torts, soutenaient toujours leur dire et ravalaient le prix du domaine. L'espoir que j'avais eu de vendre à l'amiable s'affaiblit, mais je me tenais assurée que la plupart de ceux que j'avais vus iraient à l'adjudication, craignant de s'attraper s'ils traitaient à l'amiable, d'autant que parmi eux, un paraissait disposé à en donner 160,000 francs et que deux autres le trouvaient si fort à leur convenance qu'ils avaient dit (non pas à moi) qu'ils en donneraient tout ce qu'il pourait valoir; et pas un n'y a été! C'étaient des charlatans, direz-vous peut-être? Non, Messieurs, mais c'est qu'après avoir excité la cupidité des gens sans honneur, vous avez su paralyser la bonne volonté des hommes délicats! Il y en a plus d'un aujourd'hui qui se repentent d'avoir été vos dupes, d'avoir manqué un domaine dont ils ne trouveront peut-être jamais l'égal pour la bonté des terres, la beauté du site, le parfait état de culture, etc., et d'avoir contribué involontairement à consommer ma ruine.

Pourquoi cet empressement des visiteurs s'arrêta-t-il tout à coup, au point que mon ouvrier de confiance m'en témoigna son étonnement? Manuel était parti pour Paris. Le bruit se répand qu'il doit revenir avec Beauchamps au mois de juillet; les peureux recommencent à avoir peur et n'osent pas me chercher des acquéreurs; les personnes qui se piquent de délicatesse craignent de froisser des intérêts, qu'à moins de circonstances particulières, il est louable de respecter, et elles renoncent à acheter.

Je ne voulais jamais croire à ce voyage, tant il blessait toutes les convenances; mais lorsque je sus que Beauchamps était effectivement arrivé, je n'en augurai rien de bon; je n'avais que trop raison, ce voyage me coûte au moins 50,000 francs; non 50,000 francs retranchés d'une grande opulence, mais qui représentaient mon dernier morceau de pain.

Je vous demande, Messieurs, et je demande surtout à M. Clisson qui, pour cette fois, a pris la part la plus active à l'intrigue qui a consommé ma ruine, s'il ne fallait pas avoir perdu toute pudeur pour s'occuper de la négociation d'un mariage pendant le dernier acte d'une expropriation dont j'étais l'objet; aussi le public ne douta plus qu'à la faveur de ce mariage le but de tant de manœuvres et d'intrigues ne fût sur le point d'être atteint; les affidés propagent cette opinion, les prétendants se tiennent à l'écart, il ne se trouve personne aux enchères, et Gargas est livré au prix de 131,100 francs!

Mais qui donc, Messieurs, a mis à Gargas ce prix fatal de 130,000 fr., dont depuis 1839 il ne m'a plus été possible de sortir? N'est-ce pas M. Lancelot et Manuel (ils doivent savoir d'après quelles instructions) qui ont eu l'atrocité de vouloir m'en dépouiller en me gratifiant d'une pension de 2,000 fr.? N'est-ce pas M. Ferrand qui, pendant deux ans, en a offert 100,000 fr., et un peu plus tard 130,000? N'est-ce pas M. Clisson, qui disait toujours que mes prétentions étaient exagérées, quoiqu'elles fussent appuyées sur des calculs qu'il convenait lui-même être d'une exactitude mathématique? Gargas, 130,000! Eh, Messieurs, j'aimerais mieux avoir les colonnes d'Hercule sur les épaules, qu'une semblable spoliation sur la conscience! Mais, pourquoi, si vous croyiez effectivement que Gargas ne valait que 130,000 fr., si vous ne jouiez pas la comédie lorsque vous me disiez avec tant de sangfroid qu'il était impossible d'en obtenir davantage, avez-vous été frappés de stupeur lorsque vous avez vu qu'il avait été donné à ce prix? Pourquoi M. Lancelot, qui avait pris l'initiative en 1839 et me conseillait de le donner, a-t-il dit, le mois d'octobre dernier, à ma femme de chambre en lui parlant de moi : *elle doit être bien peu contente?* Si je devais être contente il y a deux ans, je dois l'être également aujourd'hui. Ah! Messieurs, c'est que vous mentiez à vos consciences, c'est que c'était au profit de Manuel que vous entendiez me dépouiller et non à celui de M. Garros. Si vous aviez prévu que Gargas deviendrait la proie d'un étranger, vous en auriez exalté la valeur, vous auriez engagé les prétendants à l'examiner attentivement, je l'aurais vendu 200,000 fr.; et au lieu de voir ma famille ruinée par votre fait, vous me verriez en position de lui laisser 100,000 fr.

Gargas, 130,000 francs! Savez-vous, Messieurs, ce que M. Garros a emprunté pour le payer? 99,000 fr.; s'il n'en valait que 131,000, ne serait-ce pas prendre directement le chemin de l'hospice, car il a pris jusqu'à 10 ans de délai. Vous direz peut-être que M. Dubocage, qui en avait grande envie, n'a pas jugé à propos d'aller au-delà? Je vous répondrai que M. Dubocage a été victime de sa fatuité; il se persuadait que M. Garros ne trouverait pas de l'argent pour le payer et qu'il le lui céderait.

Qu'a-t-il cependant fallu pour faire avorter des intrigues si laborieusement et si longtemps poursuivies? Faire changer un mot et en faire ajouter deux au cahier des charges, car il avait été rédigé par le complaisant avoué chargé des poursuites dans la vue de rendre inutile la ferme volonté que j'avais toujours montrée de payer moi-même mes créanciers; et ce sont les deux notaires dont mes créanciers étaient les clients qui travaillaient ainsi à compromettre leurs intérêts!

Ainsi voilà que parce que Beauchamps a décidé que je ne devais pas être propriétaire mais rentière; que je ne devais avoir ni maison ni campagne et que je devais être sous la dépendance de Manuel, et qu'il a plu à deux notaires et à un avoué de se rendre les instruments de ses caprices, j'ai été pendant six ans arrachée à mes occupations favorites, appliquée constamment et avec succès aux soins agricoles, pour être ensuite pendant quatre ans en butte à des tracasseries de tout genre; pour être sans cesse, avec un domaine bien plus que suffisant pour payer mes dettes et que je ne demandais qu'à vendre, traquée par des huissiers, au point de voir tout mon mobilier saisi, mes meubles enfoncés, un commissaire de police prêter main forte, et finir enfin par être bien et dûment sommée par la justice de délaisser un domaine que je l'avais priée de vendre pour en offrir le prix à mes créanciers; et que je me vois après tant de sacrifices et d'efforts réduite à n'être pas même propriétaire des vêtements qui me couvrent, car enfin les créanciers qu'il me reste encore à payer ont le droit de les réclamer; que je n'ai pas même de quoi payer le loyer d'une mansarde; qu'accoutumée depuis dix ans à l'air et à l'exercice de la campagne qui me procuraient la santé, je serai condamnée à respirer sans relâche (car il faudra gagner le pain de chaque jour) l'air infect des plus humbles logements de Paris, et que je serai vraisemblablement, à la première maladie, sous la dépendance des infirmiers d'un hospice; voilà, Messieurs, votre ouvrage ; voilà l'effet de l'adulation des uns et de l'impérieux caprice de l'autre ! mais que je sois votre seule victime, elle suffira bien assez à faire votre tourment, car je ne me suis jamais méprise sur vos sentiments à mon égard; ce n'est pas par malveillance que vous avez travaillé à me nuire, mais par suite de cet aveuglement auquel on se laisse entraîner quand on s'engage dans une mauvaise voie dont on n'a pas le courage de sortir, et que vous avez poussé jusqu'à son dernier terme. Quoi qu'il en soit, que toutes mes dettes soient payées, et que je puisse quitter Toulouse sans laisser après moi une victime.

Et il y va, Messieurs, de votre intérêt encore plus que du mien ; car cette victime ne serait pas la mienne, elle serait la vôtre ; en effet, j'ai démontré que c'est vous qui êtes les auteurs de ma ruine : vous l'êtes, car par l'affaire Norbert vous avez offert Gargas comme une proie, à la cupidité de ces gens sans honneur qui sont sans cesse à l'affût du malheur d'autrui pour en profiter ; vous l'êtes, parce que, après avoir échoué dans votre première tentative, loin de chercher à réparer le préjudice que vous m'aviez causé, vous avez travaillé avec une persévérance et un astuce incroyable à m'empêcher de vendre, et que par ce retard vous m'avez fait augmenter mes dettes d'une quarantaine de mille francs ; ce chiffre n'est qu'approximatif, mais je me propose d'apurer mes comptes, car tout est en écrit, et d'établir, année par année, la situation de mes affaires, afin de pouvoir fixer l'indemnité qui m'est dûe ; vous l'êtes enfin, parce que, au lieu de vous arrêter avec effroi devant l'insolvabilité que je vous avais dévoilée, et l'immense sacrifice au moyen duquel j'avais tâché d'y porter remède, vous avez poursuivi votre plan avec une nouvelle ardeur, vous avez empêché le succès que j'étais prête à obtenir, et vous avez encore aggravé ma position.

J'ai assez prouvé dans le courant de l'année, à jamais néfaste pour moi, qui vient de s'écouler, que mes créanciers pouvaient avoir confiance en moi, et que rien ne me coûtait pour assurer leurs intérêts ; je ne m'arrêterai pas sans avoir achevé de remplir ma tâche, et j'espère, Messieurs, que, sans m'obliger à faire de nouveaux efforts, vous déposerez, avant quinzaine, chez M. Capelle, la somme que je réclame pour achever de payer mes dettes.

M. Ferrand et M. Lancelot menacent, m'a-t-on dit, de me traduire en police correctionnelle si j'ose réclamer publiquement le paiement de mes dettes; mais à quoi pensez-vous donc, Messieurs? Ne voyez-vous pas que la position que vous m'avez faite est si affreuse qu'elle me rend invulnérable? Quel pourrait être, en effet, le résultat, je ne dis pas probable, mais possible, d'un procès en police correctionnelle? l'amende et la prison : mais comment celui qui n'a rien peut-il payer une amende, et la prison ne vient-elle pas en aide à celui qui n'a ni asile, ni pain?

Il y a, je le sais, quelque chose de plus redoutable que la prison et l'amende, c'est la honte; mais on ne me condamnerait pas sans m'entendre, et lorsque j'aurais fait le récit des odieuses manœuvres dont j'ai été la victime, toutes les sympathies ne me seraient-elles pas acquises, et alors même que la bouche des juges, organe de l'impérieuse autorité de la loi, me condamnerait, leur conscience et celle du public ne m'absoudrait-elle pas?

J'insiste, Messieurs, pour une réponse prompte, car il y a plus de six mois que je vis aux dépens de mes créanciers; il est urgent que cela finisse, et si dans la quinzaine je ne suis pas satisfaite, je vais, après avoir fait pour eux le peu que je pourrai, disposer mon départ.

J'ai l'honneur d'être,

Messieurs,

Votre très humble servante.

E. ROMIGUIÈRES.

Toulouse, le 6 mars 1841.

P. S. J'ai renvoyé après la fin de ma lettre à parler de mon mobilier; je ne l'ai point vendu pour plusieurs raisons : la première, parce que si, contre mon attente, vous vous refusiez à payer mes dettes, mon mobilier ne pouvant, à beaucoup près, suffire à les acquitter, il me serait peut-être plus avantageux de le louer, afin d'en retirer un revenu suffisant pour payer les intérêts de ce que je dois encore, en attendant que la Providence, dont les ressources sont grandes, me mette peut-être en position de payer le capital.

La seconde, c'est que rien n'est plus problématique que ma position future; mon sort tient, en effet, à un remords; si ceux qui m'ont ruinée rentrent en eux-mêmes et songent à se régler avec leur conscience, ma fortune me revient, car je n'ai rien fait pour la perdre; loin de là, elle eût été augmentée, et il serait très fâcheux de falloir dépenser, pour remonter mon mobilier, quatre fois plus d'argent que je n'aurais retiré de celui que j'aurais vendu. Cette espérance est d'autant plus fondée, que j'ai quatre débiteurs au lieu d'un; et vous savez, Messieurs, que partout où il y a solidarité, chacun paie pour soi, ou un seul paie pour tous.

La troisième raison, c'est parce que mes meubles ne sont pas de nature à être avantageusement vendus dans un encan ; ils sont absolument dépourvus de luxe ; leur mérite consiste dans la solidité et le soin, avec lesquels ils ont été faits, dans la beauté des ferrures et les mécanismes qu'ils renferment : ce sont, en un mot, des meubles d'amateur, que j'ai fait faire d'après mes plans et souvent d'après mes modèles ; meubles que chacun admire et que personne ne veut payer leur valeur ; je n'en retirerai pas par conséquent le quart de ce qu'ils valent, et si la Providence me fait trouver du travail dans la partie à laquelle je suis capable de me livrer et qu'elle me conserve la santé, je gagnerai peut-être dans deux ans plus que ce que j'aurais retiré de mes meubles.

Et toutefois, Messieurs, si vous trouvez que ce soit trop pour moi de conserver mon mobilier, je le vendrai ; seulement avant de le vendre en détail j'essaierai de voir si une seule personne voudrait prendre le tout. Mais je réserve ma bibliothèque (non comprise la boiserie) et tous mes instruments de dessin, attendu qu'ils me seront peut-être utiles pour travailler ; je réserve encore mon pupitre à écrire et mon nécessaire : ce dernier objet ne vaut pas grand'chose, mais me fournira à peu près tout ce qui sera nécessaire au misérable genre de vie qui m'attend.

Mais si voulez que je le vende pour diminuer d'autant la somme que vous avez à me fournir, je ne le ferai qu'après que vous aurez déposé la somme entière, et cela pour la raison que j'ai placée la première : après la vente je vous remettrais le montant de ce qu'elle aurait produit.

J'ajoute qu'il faut que je vive de là jusques à mon départ, et que je prélèverai encore une somme de 600 francs, parce qu'en partant pour Paris, j'y vais sans aucune destination arrêtée, et il faut bien que j'y vive en attendant d'y trouver de l'occupation.

Toulouse, Imprimerie de Vᵉ DIEULAFOY, rue des Tourneurs, 45.

www.ingramcontent.com/pod-product-compliance
Lightning Source LLC
Chambersburg PA
CBHW061425170626
46811CB00005B/2125